Kipferl, Nuss und Gänsebraten

Humorvolle Geschichten und Rezepte

Kipferl, Nuss und Gänsebraten

Humorvolle Geschichten
und Rezepte

benno

Bibliografische Information der Deutschen Nationalbibliothek
Die Deutsche Nationalbibliothek verzeichnet diese Publikation in der Deutschen Nationalbibliografie; detaillierte bibliografische Daten sind im Internet unter http://dnb.d-nb.de abrufbar.

Besuchen Sie uns im Internet:
www.st-benno.de

Gern informieren wir Sie unverbindlich und aktuell auch in unserem Newsletter zum Verlagsprogramm, zu Neuerscheinungen und Aktionen. Einfach anmelden unter www.vivat.de.

ISBN 978-3-7462-6632-9

Umschlaggestaltung: Grit Fiedler, Visulabor GbR, Berlin/Leipzig
Covermotiv: © stock.adobe.com/Vector Tradition
Zusammenstellung: Volker Bauch, Gößnitz
Gesamtherstellung: Arnold & Domnick, Leipzig (A)

Inhalt

Die letzten Kastanien

Miras Sasmaz

Seit Tagen schon schaute mich diese Frau immer wieder an, wenn ich ihr begegnete. Sie sagte nichts, sie tat nichts, sie sah mich nur an und lächelte mir zu.

Damals arbeitete ich auf dem Weihnachtsmarkt. Ich verkaufte geröstete Kastanien. Ich stand in einer kleinen Holzhütte, die gut abgedichtet und reichlich mit Weihnachtsdekoration geschmückt war. Mein Stand war mittendrin zwischen all den vielen anderen Häuschen. Drei Meter rechts von mir gab es kleine Weihnachtsfiguren zu kaufen, ein zerbrochener Engel lag achtlos neben seinem Flügel auf dem Boden. Links, ebenfalls drei Meter entfernt, bot der Inhaber selbst hergestellten Schmuck an. Es waren schöne und ansehnliche Werke, die der Man mit dem grauen Bart da hervorzauberte.

Nur ich verkaufte etwas, was von den Bäumen gefallen war, meine gerösteten Kastanien. Ihr Duft zog über den ganzen Weihnachtsmarkt. Von überall her kamen die Leute zu mir. Einige standen mit blau angelaufener Nase und vor Kälte zitternden Händen vor mir. Ich packte einige Kastanien ein, übergab sie, die Kunden zahlten, bedankten sich und waren wieder weg.

Von Zeit zu Zeit wanderte der Weihnachtsmann, der in Wirklichkeit mein verkleideter Nachbar war, über den Weihnachtsmarkt und bimmelte mit einer Glocke.

„Hohoho!“, rief er, blieb vor einem kleinen Kind stehen und beugte sich zu ihm hinunter. Aus seinem braunen Jutesack zog er ein Spielzeug hervor, das die Eltern des Kindes kurz zuvor gekauft und ihm zugesteckt hatten.

Ein anderes Kind klammerte sich verängstigt an seine Mutter. „Hohoho!“, rief der Weihnachtsmann. „Warst du unartig zu deinen Eltern, hast du ihnen Kummer und Sorgen gemacht? Hohoho! Schau mal, was der Weihnachtsmann für dich hat!“ Das Kind blieb wie gebannt stehen und riss seine Augen weit auf.

„Danke, das habe ich mir schon immer gewünscht.“ Verlegen nahm es das Spielzeug.

„Wo ist dein Rennschlitten?“, fragten einige Kinder. „Oh“, antwortete der Weihnachtsmann, „den hat Michael Schumacher heute und fährt damit ein Rennen auf dem Nürburgring.“ Darüber lachten selbst die Eltern, der Weihnachtsmann machte wieder „Hohoho!“ und ging seines Weges.

Ich schaute mir diese Ereignisse an, manchmal stand ich vor meinem Häuschen, wenn es nichts zu tun gab. Dann setzte ich mich wieder hinein, wärmte mich mit einem Kaffee oder aß ein paar geröstete Kastanien.

Der Weihnachtsmarkt neigte sich seinem Ende zu. Die letzten Tage waren die anstrengendsten. Da wurde gekauft, getrunken und gegessen. So fiel es mir nicht auf, dass die Frau, die mich sonst immer angelächelt hatte, nicht mehr gekommen war. Ich hatte zwar ab und an mal nach ihr geschaut, aber in der Hektik nicht wahrgenommen, ob sie dort stand oder nicht. Vielleicht hatte ich auch hingeschaut und nur in die Leere gelächelt.

Schließlich war ich am Ende meines Stehvermögens. Tagein, tagaus stehen, lächeln, bedienen, anhören, stehen, gehen, rösten, verkaufen und stehen. Immer wieder hörte ich den Weihnachtsmann „Hohoho!“ rufen und über den ganzen Weihnachtsmarkt bimmeln. Selbst nachts träumte ich von ihm.

Nun stand ich am letzten Tag des Weihnachtsmarktes wieder in meinem Häuschen und verkaufte die restlichen Kastanien. Noch vier Portionen, und ich hatte alle verkauft. Da kamen auch drei Kunden, es waren drei Männer aus meinem Nachbarhaus. Sie erkannten mich und ich bediente sie.

Auf der Röstplatte lagen jetzt noch 14 Kastanien, die darauf warteten, gekauft zu werden. Ich hatte alles schon abgeräumt und ins Auto verfrachtet. Nur die Röstplatte und der Gaskocher waren noch da. Ich spielte mit dem Gedanken, die Kastanien selber zu essen, als sich eine Hand auf meine Schulter legte. Ich drehte mich um und sah die Frau, die ich seit Tagen vermisst hatte. Sie lächelte mir zu und holte aus ihrer Manteltasche etwas hervor. Es war der Engel mit dem zerbrochenen Flügel. Sie hatte ihn geklebt und reichte ihn mir.

Ich freute mich riesig über dieses Geschenk. Ich wandte mich um und wollte ihr die letzten Kastanien schenken, aber als ich mich wieder umsah, war sie weg. Ich hatte nicht lange gebraucht, um die gerösteten Kastanien einzupacken, aber auf dem Weihnachtsmarkt war niemand mehr. Nichts stand mehr da – außer der Röstplatte, der Gasflasche und mir, in der Hand die letzten verpackten Kastanien und den Engel mit dem zerbrochenen Flügel.

Maronen

- 400 g Maronen
- 1 TL Salz

1. Maronen waschen und 20–30 min in kaltes Wasser legen.
2. Maronen mit zwei Schnitten einritzen: einmal einen Ring komplett um den „Bauch" der Marone, danach senkrecht zum ersten Schnitt auf der gewölbten Seite einen Querschnitt.
3. Maronen in Salzwasser kurz aufkochen, dann 10 min ziehen lassen.
4. Wasser abgießen und die noch nassen Maronen direkt auf das Backblech geben. Im vorgeheizten Ofen bei 250 °C 15–20 min backen, dabei alle paar Minuten die Maronen wieder mit Wasser befeuchten.
5. Maronen aus dem Ofen nehmen und mit einem feuchten Küchentuch abdecken. Nach 1–2 min sind die Schalen so weit abgekühlt, dass sich die Maronen gut schälen

lassen. Dazu die Schale am oberen und unteren Ende der Marone zusammendrücken. Durch den Ringschnitt bröselt die Schale einfach ab.

Die Lichterkette

-minu

„Das wird noch ein Nachspiel haben!“, tobte Silva Näf. Und ließ die Haustüre ins Schloss krachen.

Energisch stieg sie aufs Rad und rief Zaha Kürsid zu: „Ganz abgesehen von den Mehrstromkosten sind diese Lichterketten ökologische Dreckschleudern!“

Zaha Kürsid wusste nicht, was „ökologisch“ bedeutete. Auch „Dreckschleuder“ war nicht in ihrem Deutsch-Repertoire. Die türkische Abwartsfrau wusste nur eines: Die Näf war wieder mal stinkesauer. Das kam allerdings öfters vor. „Sie ist zu viel alleine ... und sie arbeitet wie ein Mann“, suchte Zaha für die Mieterin vom 3. Stock eine Entschuldigung.

Dann streichelte sie mit ihren harten, rauen Fingern über die rosigen Pinguine. Diese blinkten im feurigen Eifer einer Skooterbahn und piepsten unermüdlich „Jingle Bells“ vor sich hin.

Als Zaha die Pinguine gesehen hatte, war es das berühmte Feuer auf den ersten Blick. Sie hatte die Lichterkette einfach zauberhaft gefunden. Und beschlossen, die Lichtdinger für die große Haustüre zu erstehen. Immerhin feierte man hierzulande Advent. Und wenn diese Festzeit in ihrem Muslim-Kalender auch übersprungen wurde, so waren die Lichterspiele, die nun überall funkelten und flimmerten, eben doch sehr ähnlich wie an den Festivitäten am Ende eines Ramadans. Oder an der Geburtstagsfeier Mohammeds.

Aber wie so oft an einem Ort, wo verschiedene Menschen unter einem Dach zusammenleben, kam es auch in dieser Zeit, welche überall sanft den Frieden verkündet, zum hausfesten Krach. Die Näf, als linke Parlamentarierin das Einberufen von außerordentlichen Sitzungen gewohnt, trommelte die Bewohner zu einem „Mieter-Treff" zusammen. Dort erklärte sie sachlich, aber ziemlich scharf, dass sie weder gewillt sei an der Stromrechnung noch am Ankauf dieser „entsetzlich primitiven Vogelei!"

(ihre Worte!) zu partizipieren. Sie sei Atheistin. Habe sich der Natur und nicht dem Advent verschrieben. Und sie beantrage, dass die Pinguine von der Haustüre zu verschwinden hätten …

August Hämmerli (1. Stock), der während der fulminanten Rede der Näf immer wieder an seinem Hörapparat herumfingerte, sodass alle drei Sekunden ein lautes Fiepsen die harsche Politikerin noch mehr in Rage brachte, meldete sich zu Wort: Er fände die Vögelchen nett. Sie würden ihn an seine Kindheit erinnern, als er einen Blechvogel mit Aufziehschlüssel gehabt habe und …

Silva Näf wischte Hämmerlis Blechvogel als „nicht hierhergehörend" vom Tisch. „Wir heizen mit solchem Firlefanz den unnötigen Konsum an!", führte sie aus, „die Leute werden in eine Feststimmung gedudelt und verlieren ihren klaren Verstand, als seien sie mit Tonnen von Cannabis zugedröhnt …"

„Hört! Hört!", kicherte Udo.

Udo (2. Stock) lebte seit einem Jahr im Haus an der Colmarerstraße. Als seine Eltern herausbekamen, dass er sich für eine Zweisamkeit mit einem gewissen Franz, einem dieser langhaarigen Kultur-Fuzzis aus der Kasernen-Szene entschlossen hatte, war fertig mit „Hotel Mama". Sie packten ihm die Koffer. Und die Mutter schaute ihren Jüngsten mit tränenumflorten Augen an: „... und ich habe mich immer so auf Enkelkinder gefreut!" Dann warfen sie ihn kurzerhand aus ihrem Nest.

„Dass IHNEN rosige Pinguine, die Halleluja schmettern, gefallen, war ja zu erwarten ...", schoss Silva Näf ihre Giftpfeile ab.

Zaha Kürsid versuchte, ihren Sentimentalkauf noch zu verteidigen: „... Vögelchen so schön und lustig!" Doch die Abstimmung war dann 3:2 gegen den Haustürschmuck. Und mit einem Kopfschütteln hängte Zaha die Lichtergirlande wieder ab, während Silva Näf mit ihrer Skiausrüstung unter der Türe stand: „Ich fahre jetzt nach Davos, Frau Kürsid. Wenn Sie mir bitte die Post auf die Seite legen würden ... frohes Fest!"

Zaha beschloss, die Näf-Post direkt zu entsorgen.

Es war ein trüber, regnerischer Heiliger Abend. Zaha wollte eben losgehen und bei Demir an der Ecke die Zutaten für einen Hammeleintopf besorgen, als Udo sie beim Arm nahm: „Heee, Frau Kürsid ... darf ich Sie heute Abend in meine Wohnung einladen. Mein Freund versucht sich in chinesischer Küche und ...“

Zaha mochte diesen Freund nicht besonders. Er war ihr zu weibisch. Mit viel zu langen, strähnigen Haaren. Bei ihr hatten Männer noch richtige Männer zu sein. Schnurrbart. Kurzschnitt. Aber Zaha war alleine – ihr Mann war vor drei Jahren von dieser Welt gegangen. Und obwohl alle ihre Kinder wollten, dass sie zu ihnen nach Deutschland ziehen würde, hatte sie abgewunken. Nein. Sie war hier zu Hause, hier an der Colmarerstraße, wo sie vor 35 Jahren im Parterre eingezogen war.

„Ich komme gerne“, lächelte sie Udo zu.

Sie brachte selbst gemachte Honigküchlein mit. Und musste zugeben: Kochen konnte dieser Langhaar-Franz.

Zaha hatte sich selten so wohlgefühlt. Sie konnte jetzt gar über ihren Vogel-Einkauf, den sie übrigens selber berappen musste, lachen. Die Pinguine dudelten seit drei Tagen über ihrer Anrichte in der Küche.

Es war halb sieben, als der Express-Pöstler das Paket aus Davos abgab.

„Von der Näf?!" – Udo grinste. „Vielleicht eine Bombe?!"

Langsam fädelte Zaha eine Kette mit glimmrigen Tannzapfen aus der Schachtel. Dazu ein Brief. „Sie leuchten nur und fideln gottlob nicht ... auf ein friedliches 2010, Ihre Silva Näf!"

Zaha betrachtete das Kärtchen mit dem Engel. Und fühlte fast ein kleines Glücksgefühl. Sie beschloss, die Kette noch in dieser Nacht zu montieren und die Näf-Post aus dem Abfall zu fischen.

Wäre sie nicht eine Muslimin gewesen, hätten wir Ihnen hier diese kleine Episode gut und gerne als Weihnachtsgeschichte erzählen können ...

Großmutters Honigküchlein

- 125 g Honig
- 125 ml Olivenöl
- 125 g brauner Zucker
- ¼ TL Zimt
- 1 Prise Anis
- 50 g geriebene Nüsse
- 50 g geriebene Mandeln
- 50 g Weizenmehl
- 60 g Maismehl
- 1 Prise Salz
- Zimt
- Puderzucker

1. Honig, Olivenöl und Zucker zum Kochen bringen.
2. Zimt, Anis, Nüsse und Mandeln unterrühren.
3. Weizenmehl, Maismehl (beides gesiebt) und eine Prise Salz in den heißen Honig rühren, bis sich der Teig vom Boden löst. Abkühlen lassen.

4. Aus dem Teig etwa pflaumengroße Kugeln formen, auf ein gefettetes Backblech setzen und oben mit einer Schere kreuzförmig einschneiden.
5. Im vorgeheizten Ofen bei 170 °C backen, bis die Küchlein goldgelb sind.
6. Noch warm mit Zimt und Puderzucker bestreuen.

Der Bratapfel

Volksgut

Kinder, kommt und ratet,
was im Ofen bratet!
Hört, wie's knallt und zischt.
Bald wird er aufgetischt,
der Zipfel, der Zapfel,
der Kipfel, der Kapfel,
der gelbrote Apfel.

Kinder, lauft schneller,
holt einen Teller,
holt eine Gabel!
Sperrt auf den Schnabel
für den Zipfel, den Zapfel,
den Kipfel, den Kapfel,
den goldbraunen Apfel!

Sie pusten und prusten,
sie gucken und schlucken,
sie schnalzen und schmecken,
sie lecken und schlecken
den Zipfel, den Zapfel,
den Kipfel, den Kapfel,
den knusprigen Apfel.

Bratäpfel

- 4 Äpfel, am besten Boskoop
- 50 g Mandelsplitter
- 50 g Rosinen
- 4 TL Aprikosenkonfitüre oder Honig
- 1 Prise Zimt
- etwas Margarine
- 1 EL Speisestärke
- 1 Eigelb
- ½ l Milch
- 20 g Zucker
- 1 TL Vanillinzucker

1. Äpfel waschen und das Kerngehäuse ausstechen.
2. Mandeln, Rosinen, Konfitüre (oder Honig) und Zimt vermischen und mit einem Teelöffel in die Öffnung der Äpfel füllen.
3. Die Äpfel in eine gefettete Auflaufform setzen und auf jeden Apfel ein Margarineflöckchen geben.

4. Im vorgeheizten Backofen bei 200 °C (Gas: Stufe 3, Umluft 175 °C) ca. 25 min backen.
5. Für die Soße Speisestärke und Eigelb in 2 EL kalter Milch anrühren.
6. Restliche Milch mit Zucker und Vanillinzucker zum Kochen bringen.
7. Die angerührte Speisestärke unter Rühren hineingießen und kurz kochen lassen. Die Soße warm oder kalt zu den heißen Äpfeln servieren.

Chorprobe der himmlischen Heerscharen

Andreas Malessa

„Ruhe bitte! Ruhe!" Erzengel Gabriel, Dirigent und Arrangeur der himmlischen Engelschöre, musste mit dem Taktstock mehrmals aufs Notenpult klopfen. Die Heerscharen in Weiß und Gold raschelten mit den Flügeln, kicherten nervös und waren ungewöhnlich aufgeregt. Verständlicherweise: In wenigen Minuten würde etwas passieren, was seit Jahrtausenden sehnsüchtig erwartet wurde. Das unbegreifliche Wunder: Gott selbst kommt als Mensch in die Welt. Der „Messias" Jesus, der Erlöser vom Bösen. Der Versöhner und Heilbringer, der wird heute Nacht als normales menschliches Baby von einer jungen Frau geboren werden! Gleich wird die hauchdünne Trennwand zwischen Raum-und-Zeit der Menschenwelt und Unendlichkeit-und-Ewigkeit des Himmels für einen Moment aufreißen – und sie, die Engel, werden für normale Menschenaugen und Menschenohren zu sehen und zu hören sein! So etwas verursacht selbst im „höheren Chor“ Lampenfieber, und so schnatterten Sänger und Instrumentalisten lebhaft durcheinander.

„Ruhe, Menschenskinder nochmal!“, rief Gabriel entnervt. Aber da lachten alle noch lauter – denn das waren sie ja nicht. Das sollte Gott erst werden: ein Menschenskind.

„Also, ich habe aus den vielen prophetischen Ankündigungen des Retters Jesus, aus Psalmen und aus Jesaja-Texten folgenden Zweizeiler formuliert“, sagte der Dirigent und errötete etwas (wie fast alle, die ein eigenes Gedicht vorlesen sollen): „Ehre sei Gott in der Höhe – und Friede auf Erden den Menschen seines Wohlgefallens.“ Es folgte eine bewundernde Stille.

„Das wird ein Hit!“, dachte ein kirchengeschichtlich weitsichtiger Engel in der dritten Reihe begeistert. „Die ersten Nachfolger Jesu und viele Passanten auf der Straße werden es jubelnd rufen, wenn Jesus auf einem Esel nach Jerusalem einzieht.“

Gabriel räusperte sich vernehmlich. „Hmhm. Diesen Chartbreaker, äh, ich meine Lobgesang, müsst ihr allerdings ohne Dirigenten aufführen, weil ich erst mal alleine den Hirten auf dem Feld erscheine, mit einem Soloprogramm. Und dann kommt ihr nach."

„Klar", schmunzelte ein Bass hinten zu sich selbst, „wenn wir mit der geballten himmlischen Herrlichkeitspower über den Hirten auftauchen, dann ist ihr Schrecken größer als ihre Freude!" Und laut sagte er: „Gabriel! Selbst wenn du alleine zu ihnen gehst, sag ihnen erst mal: ‚Fürchtet euch nicht! Siehe, ich verkündige euch große Freude!' Sonst geraten die bloß in Panik und Hektik, so wie 2000 Jahre später die Konsumsklaven in der Vorweihnachtszeit. Betone die Freude, hörst du?!"

„Moment mal", rief eine Harfenspielerin aus dem Orchester dazwischen. „Ich hör immer Hirten. Das soll unser Publikum sein? Humtata-Mitklatscher vom Musikantenstadl? Warum schmettern wir diesen herrlichen Gesang von der majestätischen Ehre Gottes und von seiner gnädigen Versöhnung nicht in den Jerusalemer Königspalast? Oder gestalten eine erhabene Mitternachtsmesse im Tempel?“

„Genau!“, kreischte eine Sopranstimme ganz unengelhaft zur Bestätigung. „Ich soll die kostbare Botschaft vom Frieden Gottes tatsächlich in, in ... in die lärmende Wuseligkeit überfüllter Basarstraßen und rauchiger Gasthäuser hineinsingen? In den Kommerzrummel der Märkte? Und in den Gestank von Schaf- und Ziegenherden?! Also, nein!“ Und dabei rümpfte sie ihre eigentlich sehr hübsche Nase. „Hirten!“, empörte sich die Harfenspielerin weiter, „die ziehen doch Tieren und Menschen das Fell über die Ohren. Die haben zurzeit ein so niedriges Sozialprestige, dass sie vor Gericht gar nicht als Zeugen zugelassen sind. Ausgerechnet die Unglaubwürdigsten einer Gesellschaft sollen dann unsere gute Nachricht weitersagen? Na toll!“

„Und außerdem“, ergänzte die vornehme Sopranistin, „werden sie intellektuell gar nicht mit dem Wunder der Menschwerdung Gottes fertig!“

Chorleiter Gabriels sprichwörtliche Engelsgeduld wurde so kurz vor dem Fest wahrhaft kräftig strapaziert. „Ehre sei Gott in der Höhe", sagte er mit fester Stimme – und sofort ebbte der Geräuschpegel ab –, „das bedeutet doch keinen Glamour im irdischen Sinne. Gottes Majestät dürft ihr auch bitteschön nicht mit menschlichem Imponiergehabe, mit Angeberei und Gegockel verwechseln. Der Ruhm des Höchsten, der hat nichts mit Publizität und Popularität zu tun. Mit ‚Ehre, Herrlichkeit, Majestät' und so weiter ist Gottes Wesen gemeint. Und da Gott wesensmäßig Liebe ist, da seine Gnade so weit reicht wie unser unendlicher Himmel hier – deshalb will er ja gerade zu den kleinen Unbekannten, den schlicht Gestrickten und zu denen, die ihr Geld im Freien verdienen. Gott demonstriert heute Nacht doch die Aufwertung der Verachteten! Wir singen heute von Gottes Wertschätzung für die Armen! Versteht ihr? Kleinkarierte Verhältnisse – große Freude! Gottes Macht ...", und bei diesem gewaltigen Begriff wurde es noch einmal mucksmäuschenstill im Chor,

„Gottes Macht zwingt ja niemanden zu Boden, sondern richtet ihn auf, macht hängende Köpfe zuversichtlich und gebeugte Rücken gerade. Überlegt doch mal: Gott kommt heute als Baby auf die Welt. Ein Neugeborenes, das ist klein, zerbrechlich, wehrlos, ohnmächtig. Es ist den Erwachsenen völlig ausgeliefert. Aber gerade das ist die Macht des Kindes: Es appelliert an unsere Menschlichkeit, eben weil es so ohnmächtig ist. Es mobilisiert unser Mitgefühl und unsere aktive Fürsorge, eben weil es so ausgeliefert ist. Wer ein Herz im Leibe hat, empfindet Liebe für ein Baby. Das wird auch, Pardon, klobigen Klötzen wie den Hirten so gehen. Außerdem hat Gott nicht nur unendliche Liebe und Gnade für uns; er hat auch Humor: Ausgerechnet die wenig angesehenen Hirten sollen seine Botschaft weitertragen, jawoll!"

„Das wird ein Prinzip werden ...", schmunzelte der kirchengeschichtlich weitblickende Engel in der dritten Reihe wieder. „Die Nachricht von der Auferstehung zum Beispiel wird Gott ausgerechnet von zwei Frauen weitertragen lassen, die ja in ihrer Zeit vor Gericht auch nicht als Zeugen zugelassen sind. Noch nicht. Hmhm. Und die Ausbreitung der frühen Christengemeinden wird unter Sklaven in Antiochien und Hafenarbeitern in Korinth am stärksten sein. Und ein körperlich kranker Missionar wird aus dem Knast einen Brief an die Gemeinden in Philippi schreiben – und im zweiten Kapitel ein wunderschönes Lied von diesem ‚Abstieg Gottes aus Liebe', von diesem ‚gnädigen Herunterkommen' dichten."

Gabriel räusperte sich wieder. „Und was das intellektuelle Niveau unserer Zuhörer angeht, verehrte Sopranistin: Die Menschen werden mit dem Geheimnis der Menschwerdung Gottes nie fertig werden. Auch die Schlauesten nicht. Aber wenn sie im Glauben anfangen, wenn sie sich auf die Socken machen und Jesus suchen, dann werden sie ihn tatsächlich finden. Bei einer himmlisch schönen Musik. Bei einem Gespräch auf der Arbeit. Nachts über einem Buch. In der Bibel. Bei einem Gespräch mit Freunden, bei einem Gottesdienst. Die Menschen können ab jetzt

Jesus überall begegnen – im unscheinbaren Stall, in den miefigen vier Wänden. Das Äußere ist nicht wichtig. Die Symbole der Majestät und Herrlichkeit Gottes sind nicht Krone und Zepter, sondern Windeln und Krippe. Dort könnt ihr ihn finden, werde ich gleich den Hirten sagen. Die Erhabenheit unseres himmlischen Lichts, der Glanz, die Schönheit und die Harmonie unseres Engelgesangs, das alles erlischt ja schnell. Bald bedeckt die Männer der ganz normale Nachthimmel, die Kälte des Winters und die soziale Kälte ihrer Zeit. Deshalb schicke ich sie zu Jesus. Zum Licht. Zur Wärme. Zur begreifbaren und anschaulichen Liebe Gottes. Und ...“

„Und doch“, unterbrach ihn der kirchengeschichtlich weitsichtige Engel in der dritten Reihe, „und doch werden die Menschen jahrtausendelang immer um diese Jahreszeit alles zusammentragen, was sie an unseren Auftritt erinnert: Kerzen und Sterne, Baumschmuck und Lichterketten, Engelattrappen und Rauschgoldlametta. Je heller sie ihre Schaufenster und Straßen erleuchten, umso finsterer schauen dabei manche aus den Augen. Dabei könnten sie 365 Tage im Jahr an der Krippe stehen und ihre geistigen und geistlichen, ihre emotionalen und sozialen Dunkelheiten ans Licht bringen. Ganz ohne Angst vor Bloßstellung. Vorwürfe, Verletztheiten, Lügen, Gleichgültigkeit, Untreue, Hass, Traumata – *alles* würde Gottes vergebende, gnädige Liebe ihnen abnehmen. Wenn sie Vertrauen hätten, dass Jesus tatsächlich *ihretwegen* auf die Welt gekommen ist."

„Danke", sagte Gabriel und schaute in die strahlend helle Runde der himmlischen Heerscharen hinein. „Ich hoffe, der Gesangstext ist klar, die Umstände unseres Konzertes auch?" Sein Taktstock zitterte dabei ein wenig vor Erregung.

„Na ja ..." Zögernd meldete sich ein Tenor. „Und was ist mit der zweiten Zeile: Friede auf Erden den Menschen seines Wohlgefallens? Heißt das, nur die Menschen, an denen Gott Gefallen hat, weil sie Jesus annehmen, nur die werden Frieden bekommen in ihrem Leben? Ich meine, wenn das so ist, dann sollten wir wirklich lieber gleich im Tempel auftreten. Oder nur den strengen, frommen Mönchen im Wüstenkloster Qumran erscheinen!"

„Oh nein, danke für den Hinweis", seufzte Erzengel Gabriel und raufte sich das volle Engelhaar, „dieser Friede Gottes ist für alle Menschen gedacht und gewollt. Wir können auch singen: Friede allen Menschen, denen Gottes Wohlwollen gilt. Leider werden sich aber nicht alle davon beschenken lassen. Und lieber weiterwurschteln in Gleichgültigkeit gegen Gott, Streit und Hass und Gewalt gegeneinander und im Widerstreit mit sich selbst. Bis zum Zerbruch von Familien, bis zu Gewalt in der Sexualität, bis zu Kapitalverbrechen und Bürgerkrieg kann das führen, dass Menschen dieses Geschenk des Friedens rigoros ablehnen."

„Obwohl sie sich sonst alljährlich um diese Zeit jeden nur erdenklichen Scheiß schenken lassen!", brummte der kirchengeschichtlich prophetische Chorist in der dritten Reihe – was ihm den strengen Blick von Gabriel einbrachte.

„Nur weil das leider so ist", fuhr der fort, „ereignet sich der Friede Gottes oft nur im kleinen Kreis der Frommen. Ursprünglich gedacht ist er aber für alle – und heute Nacht, ab jetzt und für immer, bekommt jeder Mensch die Gelegenheit, diesen Frieden Gottes und sein Wohlgefallen anzunehmen. Was positiverweise dazu führen wird, dass sehr unterschiedliche Glaubende gemeinsam vor Jesus stehen werden ..."

„Heyhey!", gluckste der Vorausschauer dazwischen, „ich stelle mir gerade die drei reichen, superschlauen Astrophysiker aus Babylonien vor, edel gekleidet wie Könige, wie sie direkt neben den lumpigen, verschwitzten Hirten an der Krippe knien!"

„Jaja, ist ja gut!", Gabriel wurde etwas ungehalten, „also, sehr unterschiedlich geprägte Menschen werden gemeinsam im Frieden miteinander leben können, weil ..." Der Ärmste wurde schon wieder unterbrochen. „Und wieso dann ‚Ehre sei Gott in der Höhe – und Friede auf Erden den Menschen seines Wohlgefallens'? Was soll der Konjunktiv? Frommer

Wunsch oder was?“ Die Harfenspielerin war erstaunlich keck für einen Engel.

„Unsinn!“ Gabriels Stimme wurde scharf. „Ich meine damit: So soll es sein! Und zwar genau in dieser Reihenfolge. Als logische Konsequenz: Wer Gott Ehre machen will, wer Gott danken und loben will, tut das am besten damit, dass er den Menschen Frieden vorlebt, dass er Frieden stiftet. *Erst* die Anerkennung Gottes, *dann* die Versöhnung und Vergebung, der Friedensschluss untereinander, und *dann* das Wohl aller Menschen. Ich hoffe, jetzt ist alles klar, und wir können ...“

Aber da wurde die Chorprobe, zu der es ja noch gar nicht gekommen war, jäh unterbrochen.

Der Himmel riss auf. Dem ganzen Ensemble wurde der Boden unter den Füßen weggezogen. Die pechschwarze Kälte einer palästinensischen Winternacht schlug den Sängerinnen und Sängern entgegen.

Gabriel stand tief unten zwischen dem zusammengeflochtenen Dornengestrüpp und den notdürftig gezimmerten Weidezäunen und rief dauernd: „Fürchtet euch nicht. Fürchtet euch nicht. Ich verkündige euch große Freude. *Freude* – kapiert?!"

Aber unter den irdischen Verhältnissen klang sein wundervoller Bariton wie ein rollender Donner von einem Horizont zum anderen. Die Harfenspielerin freute sich unbändig, eben nicht in einer weihevollen Krönungsmesse im Tempel zu spielen, sondern vor verdutzten Hirten auf einem nächtlichen Open-Air-Festival, umsonst und draußen.

Der Tenor memorierte noch schnell die Reihenfolge: „Ehre Gottes – Friede auf Erden – allen Menschen gilt Gottes Wohlgefallen"; die kiebige Sopranistin jubilierte im Sturzflug so himmlische Tonkaskaden, dass alle Nachtigallen des Nahen Ostens schlagartig verstummten, und der kirchengeschichtlich weitsichtige Chorist aus der dritten Reihe, der kritzelte den wunderbar kurzen Liedtext auf einen Zettel: „Ehre sei Gott in der Höhe! Friede auf Erden! Euch ist heute der Heiland geboren: Christus, der Herr. In Windeln, in einer Krippe im Stall." Er lächelte. „Falls mal irgendein Arzt oder

Evangelist das Ganze aufschreiben will“, dachte er beim Landeanflug, „sicher ist sicher“.

Und dann – dann wurde alles so aufgeführt, wie wir es seit mehr als 2000 Jahren in der Weihnachtsgeschichte des Lukas lesen. Millionen Menschen sind seither Jesus begegnet. In dem Moment, in dem sie Gottes Geschenk bewusst und willentlich annahmen: Liebe. Begnadigung. Versöhnung.

Engelbrötchen

- 160 ml Milch
- 2 Pck. Trockenhefe
- 450 g Mehl
- 130 g Zucker
- 2 EL Schokoladendrops
- 16 Marshmallows

1. Hefe in die lauwarme Milch rühren.
2. Zuerst Mehl, dann Zucker hinzufügen und alles zu einem Teig verkneten.
3. Über Nacht ruhen lassen.
4. Den Teig ausrollen und in 16 kleine Stücke teilen.
5. Je einen Marshmallow in die Mitte jedes Teigstücks legen.
6. Den Teig über dem Marshmallow schließen, so dass dieser vollkommen eingeschlossen ist.
7. Drei Schokodrops auf jedes Brötchen geben.
8. Im vorgeheizten Backofen bei 200 °C (Ober-/Unterhitze) etwa 15 min backen.

„Ich saß in der Küche und wartete“

Erich Kästner

Ich saß in der Küche und wartete, dass man mich in die Gute Stube riefe, unter den schimmernden Christbaum, zur Bescherung. Meine Geschenke hatte ich parat: für den Papa ein Kistchen mit zehn oder gar fünfundzwanzig Zigarren, für die Mama einen Schal, ein selbstgemaltes Aquarell oder – als ich einmal nur noch fünfundsechzig Pfennig besaß – in einem Karton aus Kühnes Schnittwarengeschäft, hübsch verpackt, die sieben Sachen. Die sieben Sachen? Ein Röllchen weißer und ein Röllchen schwarzer Seide, ein Heft Stecknadeln und ein Heft Nähnadeln, eine Rolle weißen Zwirn, eine Rolle schwarzen Zwirn und ein Dutzend mittelgroßer schwarzer Druckknöpfe, siebenerlei Sachen für fünfundsechzig Pfennige. Das war, fand ich, eine Rekordleistung! Und ich wäre stolz darauf gewesen, wenn ich mich nicht so gefürchtet hätte.

Ich stand also am Küchenfenster und blickte in die Fenster gegenüber. Hier und dort zündete man schon die Kerzen an. Der Schnee auf der Straße glänzte im Laternenlicht. Weihnachtslieder erklangen. Im Ofen prasselte das Feuer, aber ich fror. Es duftete nach Rosinenstollen, Vanillezucker und Zitronat. Doch mir war ganz elend zumute. Gleich würde ich lächeln müssen, statt weinen zu dürfen.

Und dann hörte ich meine Mutter rufen: „Jetzt kannst du kommen!“ Ich ergriff die hübsch eingewickelten Geschenke für die beiden und trat in den Flur. Die Zimmertür stand offen. Der Christbaum strahlte. Vater und Mutter hatten sich links und rechts vom Tisch postiert, jeder neben seine Gaben, als sei das Zimmer samt dem Fest halbiert. „Oh“, sagte ich, „wie schön!“ und meinte beide Hälften. Ich hielt mich noch in der Nähe der Tür, so dass mein Versuch, glücklich zu lächeln, unmissverständlich beiden galt. Der Papa, mit der erloschnen Zigarre im Munde, beschmunzelte den firnisblanken Pferdestall. Die Mama blickte triumphierend auf das Gabengebirge zu ihrer Rechten. Wir lächelten zu dritt und überlächelten unsere dreifache Unruhe. Doch ich konnte nicht an der Tür stehen bleiben!

Zögernd ging ich auf den herrlichen Tisch zu, auf den halbierten Tisch, und mit jedem Schritt wuchsen meine Verantwortung, meine Angst und der Wille, die nächste Viertelstunde zu retten. Ach, wenn ich allein gewesen wäre, allein mit den Geschenken und dem himmlischen Gefühl, doppelt und aus zweifacher Liebe beschenkt zu werden! Wie selig wär ich gewesen, und was für ein glückliches Kind! Doch ich musste meine Rolle spielen, damit das Weihnachtsstück gut ausgehe. Ich war ein Diplomat, erwachsener als meine Eltern, und hatte dafür Sorge zu tragen, dass unsere feierliche Dreierkonferenz unterm Christbaum ohne Missklang verlief. Ich war, schon mit fünf oder sechs Jahren und später erst recht, der Zeremonienmeister des Heiligen Abends und entledigte mich der schweren Aufgabe mit großem Geschick. Und mit zitterndem

Herzen. Ich stand am Tisch und freute mich im Pendelverkehr. Ich freute mich rechts, zur Freude meiner Mutter. Ich freute mich an der linken Tischhälfte über den Pferdestall im Allgemeinen. Dann freute ich mich wieder rechts, diesmal über den Rodelschlitten, und dann wieder links, besonders über das Lederzeug. Und noch einmal rechts, und noch einmal links, und nirgends zu lange, und nirgends zu flüchtig. Ich freute mich ehrlich und musste meine Freude zerlegen und zerlügen. Ich gab beiden je einen Kuss auf die Backe. Meiner Mutter zuerst. Ich verteilte meine Geschenke und begann mit den Zigarren. So konnte ich, während der Papa das Kistchen mit seinem Taschenmesser öffnete und die Zigarren beschnupperte, bei ihr ein wenig länger stehenbleiben als bei ihm. Sie bewunderte ihr Geschenk, und ich drückte sie heimlich an mich, so heimlich, als sei es eine Sünde. Hatte er es trotzdem bemerkt? Machte es ihn traurig?

Nebenan, bei Grüttners, sangen sie: „O du fröhliche, o du selige gnadenbringende Weihnachtszeit!“ Mein Vater holte ein Portemonnaie aus der Tasche, das er im Keller zugeschnitten und genäht hatte, hielt es meiner Mutter hin und sagte: „Das hätt ich ja beinahe vergessen!" Sie zeigte auf ihre Tischhälfte, wo für ihn Socken, warme lange Unterhosen und ein Schlips lagen. Manchmal fiel ihnen, erst wenn wir bei Würstchen und Kartoffelsalat saßen, ein, dass sie vergessen hatten, einander ihre Geschenke zu geben. Und meine Mutter meinte: „Das hat ja Zeit bis nach dem Essen."

Anschließend gingen wir zu Onkel Franz. Es gab Kaffee und Stollen. Dora zeigte mir ihre Geschenke. Tante Lina klagte ein bisschen über ihre Aderbeine. Der Onkel griff nach einer Havannakiste, hielt sie meinem Vater unter die Nase und sagte: „Da, Emil! Nun rauch mal 'ne anständige Zigarre!" Der Papa erklärte, leicht gekränkt: „Ich hab selber welche!" Onkel Franz meinte ärgerlich: „Nun nimm schon eine! So was kriegst du nicht alle Tage!" Und mein Vater sagte: „Ich bin so frei!"

Frieda, die Wirtschafterin und treue Seele, schleppte Stollen, Pfefferkuchen, Rheinwein oder, wenn der Winter kalt geraten war, dampfenden Punsch herbei und setzte sich mit an den Tisch. Dora und ich versuchten uns auf dem Klavier an Weihnachtsliedern, der *Petersburger Schlittenfahrt* und dem *Schlittschuhwalzer*.

Sächsischer Christstollen

- 1 Vanilleschote
- 100 g Zucker
- 175 g Rosinen
- 50 g Mandeln, geschält und gehackt
- 25 g Zitronat, fein gewürfelt
- 50 g Orangeat, fein gewürfelt
- 2,5 cl Rum
- 600 g Mehl
- 50 g frische Hefe
- 200 ml lauwarme Milch
- 1 Ei
- abgeriebene Zitronenschale
- ½ TL Salz
- 275 g weiche Butter
- abgeriebene Schale von einer unbehandelten Zitrone

1. Vanilleschote aufschlitzen, das Mark herausschaben und mit dem Zucker vermengen.

2. Rosinen, Mandeln, Zitronat und Orangeat mit Rum übergießen und mehrere Stunden durchziehen lassen.
3. 500 g Mehl in eine Schüssel sieben, mit einem Löffel eine Kuhle hineindrücken.
4. Die Hefe zerbröseln, mit 75 ml Milch und eine Prise Zucker verrühren, dann in die Kuhle gießen.
5. Mit etwas Mehl zu einem Vorteig verarbeiten und an einem warmen Ort etwa 15 min gehen lassen.
6. Die Hälfte des vorbereiteten Vanillezuckers, restliche Milch, Ei, Zitronenschale und Salz zum Vorteig geben, alles zu einem glatten Teig verkneten und an einem warmen Ort etwa 25–30 min gehen lassen,
7. Inzwischen 200 g Butter mit dem restlichen Mehl verkneten.
8. Die Masse unter den gegangenen Hefeteig

arbeiten und den Teig erneut an einem warmen Ort 15 min gehen lassen.

9. Den Teig so zu einem Rechteck ausrollen, dass an den Kanten der Längsseiten jeweils ein Wulst entsteht, einer kleiner und einer größer. Die Kante mit dem kleineren Wulst über die andere Kante schlagen, sodass beide Wülste nebeneinander liegen. Die Konturen des Stollens leicht nachdrücken.
10. Stollen auf ein gut gefettetes Backblech legen und mit einem Tuch bedeckt an einem warmen Ort nochmals eine Stunde gehen lassen.
11. Den Stollen im vorgeheizten Backofen auf der untersten Schiene bei 200 °C (Ober-/Unterhitze) etwa 60 min backen. Falls er zu dunkel wird, zwischendurch mit etwas Alufolie oder Pergamentpapier abdecken.
12. Zum Bestreichen die restliche Butter zerlassen und den Stollen noch warm bepinseln und mit dem restlichen Vanillezucker bestreuen.

Die Entdeckung des Weihnachtssterns

Manfred Hausmann

Da der Winter mit den funkelnden Sternennächten vor der Tür steht, haben Christoph und Görge sich einen Linsensatz für zwei Mark sechzig kommen lassen und sind allen Ernstes dabei, ein Himmelsfernrohr zu erbauen. Es soll sogar parallaktisch aufgehängt werden. Der kleine Martin geht einige Tage mit den Händen in den Taschen um die Arbeitenden herum und fragt sie hin und wieder etwas. Dann zieht er sich in sein Kämmerchen zurück.

„Christoph und Görge", sagt er eines Abends beim Essen, „glaubt ihr, dass ich hiermit einen Stern erkennen kann?" Er holt, sich auf dem Stuhl zur Seite neigend, eine leere Zwirnrolle aus der Tasche, hält sie vors Auge und richtet sie auf die Lampe über dem Tisch. „Das soll nämlich mein Fernrohr sein."

„Zeig mal her", sagt Christoph lachend. „Und hier habe ich eine Linse vorgemacht. Glaubst du, dass ich damit einen Stern erkennen kann?"

Christoph blinzelt hindurch. „Natürlich kann man damit einen Stern erkennen. Alles kann man damit erkennen. Nicht ganz so gut wie mit dem bloßen Auge, aber immerhin."

Der Vater möchte gern wissen, um was für eine Linse es sich handelt. Christoph reicht ihm die Rolle. Die Linse besteht aus einer kleinen dreieckigen Glasscherbe, die Martin mit Blauköpfen vor die Öffnung der Rolle genagelt hat. „Das ist ja ein wunderbares Fernrohr", sagte der Vater. Indem er sein Auge zukneift und gleichfalls die Lampe betrachtet. Es rieselt etwas durch ihn hindurch. Rührung, Glück, Dankbarkeit, eine warme und zärtliche Empfindung.

„Glaubst du, dass ich damit einen Stern erkennen kann?"

„Jeden Stern kannst du damit erkennen. Komm, hier hast du dein Fernrohr wieder."

Aber die Mutter bittet darum, es auch einmal ausprobieren zu dürfen. Nachdem sie es von allen Seiten bewundert hat, sieht sie hindurch. Dann stellt sie es vorsichtig zurück auf den Tisch, legt die Hände vor ihr Gesicht, zieht sie ein bisschen herab und wirft dem Vater über die Fingerspitzen hinweg einen dunklen, strahlenden Blick zu. „Kann ich eigentlich den Mond auch damit erkennen?", fragt Martin. Görge wirft ein, heute Abend gebe es keinen Mond. „Aber Sterne?" „Sterne genug."

„Dann will ich mal zwei Sterne ... drei Sterne will ich mal mit meinem Fernrohr erkennen."

Sowie das Abendbrot beendet ist, läuft Martin auf die Terrasse und sucht den Himmel mit seiner Zwirnrolle ab. Nach einer Viertelstunde schiebt er sich in die Bibliothek und wartet, dass der Vater, der dort Zeitung liest, einmal aufblickt.

„Na, Martin?"

„Leider kann ich damit keinen richtigen Stern erkennen."

„Warum denn nicht?"

„Na, ich kann nur Punkte erkennen."

„So sehen die Sterne eben aus. Wie Punkte."

„In meinem Bilderbuch sehen sie aber gaaaanz anders aus. Weißt doch, mit so Zacken drumherum und so."

Der Vater denkt, die Bilderbuchmaler täten auch besser daran, bei der Wahrheit zu bleiben. Nun kann er zusehen, wie er dem armen Martin über die Enttäuschung hinweghilft, die sie verschuldet haben.

„Die gewöhnlichen Sterne sehen tatsächlich wie Punkte aus. Und wenn du durch Christophs und Görges Fernrohr guckst, dann sehen sie immer noch wie Punkte aus. Da hilft nichts. Etwas anderes ist es aber mit dem Weihnachtsstern. Der hat wohl diesen herrlichen Glanz und die Strahlen und alles."

„Kann ich den Weihnachtsstern denn mal mit meinem Fernrohr erkennen?"

„Ich glaube nicht, Martin. Er scheint in unserer Zeit nicht mehr am Himmel. Ich hab ihn jedenfalls noch nie gesehen."

„Wie schaaaaade."

Und dann kommt der Abend, an dem Christoph und Görge ihr Fernrohr zum ersten

Male im Freien aufstellen, um die Wunder der Himmelswelt zu erforschen. Es ist inzwischen bitterkalt geworden, bald wird Weihnachten sein, der frisch gefallene Schnee glitzert im Sternenlicht. Die übrige Familie nimmt, in Mäntel gehüllt, an dem Ereignis Anteil. Aber Christoph und Görge haben vor lauter Leidenschaft nicht einmal ihre Jacken an. Sie wollen versuchen, die Monde des Jupiter zu beobachten. So einfach scheint es indessen nicht zu sein, eines bestimmten Sternes habhaft zu werden. Man darf das Fernrohr nur mit den Fingerspitzen berühren, denn die kleinste Berührung lässt die tanzenden Pünktchen wieder verschwinden.

„Trampel doch nicht so laut hier herum, Viola!“

„Welcher ist denn der Jupiter?“, fragt Martin.

Der Vater führt den Blick des Jungen von einem dunklen Föhrenwipfel zum Gürtel des Orion und von dort über den Aldebaran zu den Plejaden und dann zu dem leuchtenden Stern, der schräg darübersteht.

„Das ist er."

Martin zieht den Mantel hoch und kramt in seiner Hosentasche herum. Dann setzt er sein Fernrohr an, beugt den Kopf zurück und sucht den Jupiter. Mit einem Male sagt er leise zu sich selbst: „Oh!" Und dann ganz überwältigt: „Oh!"

„Was ist denn?", fragt der Vater.

„Ich erkenne den Weihnachtsstern!", flüstert Martin, ohne die Zwirnrolle von seinem Auge zu nehmen.

„Wirklich? Wie sieht er denn aus?"

„Mit lauter so Drumherum aus Gelb und Grün und Golden."

Da muss der Vater doch auch einmal durch Martins Fernrohr sehen. Und wirklich, es gleißt und schimmert um den Jupiter herum, dass es nur so eine Art hat. Aber der Vater erkennt auch gleich, wie das Feuerwerk zustande kommt. Auf der Glasscherbe sitzt ein fettiger Fingerabdruck über dem anderen, und in den zarten Rillen bricht sich der Sternenschein, glänzt auf und versprüht zu farbigen Strahlen.

„Uh, jetzt!“, ruft Christoph. „Jetzt hab ich’s. Zwei kann man sehen! Zwei Monde! Ganz deutlich!“

Viola hüpft von einem Bein aufs andere. „Ich auch mal!“

„Erst ich“, sagt Görge. „Du verstehst ja doch nichts davon.“

Der Vater legt das Fernrohr wieder in Martins ausgestreckte Hand und sagt, dass er noch nie in seinem Leben einen so zauberhaften Stern erblickt habe wie diesen.

„Komm, Mutti soll sich auch einmal daran erfreuen.“

„Haben Christoph und Görge ihn auch erkannt?“

„Nein. Das Fernrohr von Christoph und Görge ist nur für gewöhnliche Sterne bestimmt.“

„Wen sein Fernrohr findest du besser, meins oder Christoph und Görge seins?“

„Ein besseres Fernrohr als das, womit man den Weihnachtsstern erblicken kann, dürfte es wohl nirgends auf der Welt geben.“ „Oh!“, sagt Martin.

Zimt-Weihnachtssterne

- 250 g weiche Butter
- 250 g Rohrzucker
- 1 TL Puderzucker
- 1 Prise Salz
- 3 Eier
- 2 Msp. gemahlene Nelken
- 1 EL Zimtpulver
- 1 Prise geriebene Muskatnuss
- 1 unbehandelte Zitrone
- 300 g gemahlene Mandeln
- 400 g Mehl (Typ 405)
- 2 Eiweiß
- 200 g Puderzucker

1. Butter in einer Schüssel mit dem Handmixer weich rühren und danach Rohrzucker und 1 TL Puderzucker, Salz, Eier, Nelkenpulver, Zimt und Muskat dazugeben.

2. Zitrone waschen, etwas Schale abreiben und von der halben Zitrone den Saft auspressen und zu dem Buttergemisch hinzufügen und gut verrühren.
3. Mandeln und Mehl unter die Masse mischen und alles zu einem glatten Teig verkneten, danach ca. 3 Stunden kühl stellen.
4. Den Teig ca. 3 mm dick ausrollen und nochmals für 1 Stunde in den Kühlschrank stellen.
5. Aus dem Teig beliebig viele Sterne ausstechen und auf ein mit Backpapier belegtes Backblech setzen. Im vorgeheizten Backofen für bei 180 °C etwa 20 min hellbraun backen.
6. Für die Glasur das Eiweiß steif schlagen und langsam den Puderzucker einrieseln lassen. Eine Prise Salz sowie einen Schuss Zitronensaft hinzugeben. Die abgekühlten Sterne mit der Glasur bestreichen.

„Hanno genoss die weihnachtlichen Düfte“

Thomas Mann

Alle hatten heute früher als sonst zu Mittag gegessen und sich daher mit Tee und Bisquits ausgiebig bedient. Aber man war kaum damit fertig, als große Krystallschüsseln mit einem gelben, körnigen Brei zum Imbiss herumgereicht wurden. Es war Mandel-Creme, ein Gemisch aus Eiern, geriebenen Mandeln und Rosenwasser, das ganz wundervoll schmeckte, das aber, nahm man ein Löffelchen zu viel, die furchtbarsten Magenbeschwerden verursachte. Dennoch, und obgleich die Konsulin bat, für das Abendbrot „ein kleines Loch offen zu lassen“, tat man sich keinen Zwang an. Was Klothilde betraf, so vollführte sie Wunderdinge. Still und dankbar löffelte sie die Mandel-Creme, als wäre es Buchweizengrütze. Zur Erfrischung gab es auch Weingelee in Gläsern, wozu englischer Plumcake gegessen wurde.

Nach und nach zog man sich ins Landschaftszimmer hinüber und gruppierte sich mit den Tellern um den Tisch.

Hanno blieb allein im Saale zurück, denn die kleine Elisabeth Weinschenk war nach Hause gebracht worden, während er dieses Jahr zum ersten Male zum Abendessen in der Mengstraße bleiben durfte, die Dienstmädchen und die Hausarmen hatten sich mit ihren Geschenken zurückgezogen, und Ida Jungmann plauderte in der Säulenhalle mit Riekchen Severin, obgleich sie, als Erzieherin, der Jungfer gegenüber gewöhnlich eine strenge gesellschaftliche Distanz innehielt. Die Lichter des großen Baumes waren herabgebrannt und ausgelöscht, so dass die Krippe nun im Dunkel lag; aber einzelne Kerzen an den kleinen Bäumen auf der Tafel brannten noch, und hie und da geriet ein Zweig in den Bereich eines Flämmchens, sengte knisternd an und verstärkte den Duft, der im Saale herrschte. Jeder Lufthauch, der die Bäume berührte, ließ die Stücke Flittergoldes, die daran befestigt waren, mit einem zart metallischen Geräusch erschauern. Es war nun wieder still genug, die leisen Drehorgelklänge zu vernehmen, die von einer fernen Straße durch den kalten Abend herkamen.

Hanno genoss die weihnachtlichen Düfte und Laute mit Hingebung. Er las, den Kopf in die Hand gestützt, in seinem Mythologiebuch, aß mechanisch und weil es zur Sache gehörte, Konfekt, Marzipan, Mandel-Creme und Plumcake, und die ängstliche Beklommenheit, die ein überfüllter Magen verursacht, vermischte sich mit der süßen Erregung des Abends zu einer wehmütigen Glückseligkeit. Er las von den Kämpfen, die Zeus zu bestehen hatte, um zur Herrschaft zu gelangen, und horchte dann und wann einen Augenblick ins Wohnzimmer hinüber, wo man Tante Klothildens Zukunft eingehend besprach. (...) Um neun Uhr ging man zu Tische. Wie alljährlich an diesem Abend war in der Säulenhalle gedeckt worden. Die Konsulin sprach mit herzlichem Ausdruck das hergebrachte Tischgebet:

„Komm, Herr Jesu, sei unser Gast
und segne, was du uns bescheret hast“,

woran sie, wie an diesem Abend ebenfalls üblich, eine kleine, mahnende Ansprache schloss, die hauptsächlich aufforderte, Aller derer zu gedenken, die es an diesem Heiligen Abend nicht so gut hätten, wie die Familie Buddenbrook ... Und als dies erledigt war, setzte man sich mit gutem Gewissen zu einer nachhaltigen Mahlzeit nieder, die alsbald mit Karpfen in aufgelöster Butter und mit altem Rheinwein ihren Anfang nahm.

Der Senator schob ein paar Schuppen des Fisches in sein Portemonnaie, damit während des ganzen Jahres das Geld nicht darin ausgehe. (...)

Der Puter, gefüllt mit einem Brei von Maronen, Rosinen und Äpfeln, fand das allgemeine Lob. Vergleiche mit denen früherer Jahre wurden angestellt, und es ergab sich, dass dieser seit langer Zeit der größte war. Es gab gebratene Kartoffeln, zweierlei Gemüse und zweierlei Kompott dazu, und die kreisenden Schüsseln enthielten Portionen, als ob es sich bei jeder einzelnen von ihnen nicht um eine Beigabe und Zutat, sondern um das Hauptgericht handelte, an dem alle sich sättigen sollten. Es wurde alter Rotwein von der Firma Möllendorpf getrunken.

Der kleine Johann saß zwischen seinen Eltern und verstaute mit Mühe ein weißes Stück Brustfleisch nebst Farce in seinem Magen. Er konnte nicht mehr so viel essen wie Tante Thilda, sondern fühlte sich müde und nicht sehr wohl; er war nur stolz darauf, dass er mit den Erwachsenen tafeln durfte, dass auch auf seiner kunstvoll gefalteten Serviette eins von diesen köstlichen, mit Mohn bestreuten Milchbrötchen gelegen hatte, dass auch vor *ihm* drei Weingläser standen, während er sonst aus dem kleinen, goldenen Becher, dem Patengeschenk Onkel Krögers, zu trinken pflegte ... Aber als dann, während Onkel Justus einen ölgelben, griechischen Wein in die kleinsten Gläser zu schenken begann, die Eisbaisers erschienen – rote, weiße und braune – wurde auch sein Appetit wieder rege. Er verzehrte, obgleich es ihm fast unerträglich weh an den Zähnen tat, ein rotes, dann die Hälfte eines weißen, musste schließlich doch auch von den braunen, mit Chokolade-Eis gefüllten, ein Stück probieren, knusperte Waffeln dazu, nippte an dem süßen Wein und hörte auf Onkel Christian, der ins Reden gekommen war. (...)

Bevor man zu Butter und Käse überging, ergriff die Konsulin noch einmal das Wort zu einer kleinen Ansprache an die Ihrigen. Wenn auch nicht alles, sagte sie, im Laufe der Jahre sich so gestaltet habe, wie man es kurzsichtig und unweise erwünscht habe, so bleibe doch immer noch übergenug des sichtbarlichen Segens übrig, um die Herzen mit Dank zu erfüllen. (...) Und nun wolle man, mit hoffendem Herzen, einträchtig anstoßen auf das Wohl der Familie, auf ihre Zukunft, jene Zukunft, die da sein werde, wenn die Alten und Älteren unter den Anwesenden längst in kühler Erde ruhen würden ... auf die Kinder, denen das heutige Fest ja recht eigentlich gehöre ...

Und da Direktor Weinschenks Töchterchen nicht mehr anwesend war, musste der kleine

Johann, während die Großen auch untereinander sich zutranken, allein einen Umzug um die Tafel halten, um mit allen, von der Großmutter bis zu Mamsell Severin hinab, anzustoßen. Als er zu seinem Vater kam, hob der Senator, indem er sein Glas dem des Kindes näherte, sanft Hannos Kinn empor, um ihm in die Augen zu sehen ... Er fand nicht seinen Blick; denn Hannos lange, goldbraune Wimpern hatten sich tief, tief, bis auf die zart bläuliche Umschattung seiner Augen gesenkt.

Therese Weichbrodt aber ergriff seinen Kopf mit beiden Händen, küsste ihn mit leise knallendem Geräusch auf jede Wange und sagte mit einer Betonung, so herzlich, dass Gott ihr nicht widerstehen konnte: „Sei glöcklich, du gutes Kendl!"

– Eine Stunde später lag Hanno in seinem Bett, das jetzt in dem Vorzimmer stand, welches man vom Korridor der zweiten Etage aus betrat, und an das zur Linken das Ankleidekabinett des Senators stieß. Er lag auf dem Rücken, aus Rücksicht auf seinen Magen, der sich mit all dem, was er im Laufe des Abends hatte in Empfang nehmen müssen, noch keineswegs ausgesöhnt hatte, und sah mit erregten Augen der guten Ida entgegen, die, schon in der Nachtjacke, aus ihrem Zimmer kam und mit einem Wasserglase vor sich in der Luft umrührende Kreisbewegungen beschrieb. Er trank das kohlensaure Natron rasch aus, schnitt eine Grimasse und ließ sich wieder zurückfallen.

„Ich glaube, nun muss ich mich erst recht übergeben, Ida."

„Ach wo, Hannochen. Nur still auf dem Rücken liegen ..." (...)

Und sie küsste ihn, löschte das Licht und ging.

Er war allein, und während er still liegend sich der segenvollen Wirkung des Natrons überließ, entzündete sich vor seinen geschlossenen Augen der Glanz des Bescherungssaales aufs Neue. Er sah sein Theater, sein Harmonium, sein Mythologie-Buch und hörte irgendwo in der Ferne das „Jauchze laut, Jerusalem" der Chorknaben. Alles flimmerte. Ein mattes Fieber summte in seinem Kopfe, und sein Herz, das von dem revoltierenden Magen ein wenig beengt und beängstigt wurde, schlug langsam, stark und unregelmäßig. In einem Zustand von Unwohlsein, Erregtheit, Beklommenheit, Müdigkeit und Glück lag er lange und konnte nicht schlafen.

Marzipanplätzchen

- 250 g Mehl
- 150 g weiche Butter
- 80 g Zucker
- 1 Prise Salz
- 2 Pck. Vanillinzucker
- 1 Ei
- 1 Eigelb
- 150 g gehackte Pistazien
- 400 g Marzipan-Rohmasse
- 150 g weiße Kuvertüre

1. Mehl mit 120 g Butter, Zucker, Salz, Vanillinzucker, Ei und Eigelb zu einem glatten Teig verkneten. In Folie gewickelt 2 Stunden kaltstellen.
2. 60 g Pistazien mahlen und Marzipan-Rohmasse in Stücke schneiden. Beides mitein ander gleichmäßig verkneten.
3. Marzipanmasse dritteln und zu jeweils 25 cm langen Rollen formen. Abgedeckt 1 h kühl stellen.

4. Den Mürbeteig dritteln. Jedes Drittel zu einer 30 cm langen Rolle formen und 10 cm breit ausrollen. Die Marzipanrollen darauflegen, mit dem Teig umhüllen, überstehenden Teig abschneiden und den Teigmantel festdrücken.
5. Die Rollen mit der Naht nach unten auf ein mit Backpapier belegtes Blech legen und abgedeckt 30 Minuten kaltstellen.
6. Die restliche Butter zerlassen, die Rollen mit der Butter bepinseln und im vorgeheizten Backofen bei 180 °C ca. 25 min backen.
7. Die weiße Kuvertüre hacken und die Hälfte unter Rühren über einem Wasserbad zerlassen.
8. Die oberen Hälften der Rollen bepinseln und mit der Hälfte der gehackten Pistazien bestreuen. Trocknen lassen, dann umdrehen.

9. Die restliche Kuvertüre zerlassen, die übrigen Rollenhälften bepinseln und mit den restlichen gehackten Pistazien bestreuen. Trocknen lassen und erst dann in 2 cm dicke Scheiben schneiden.

Geschichte eines Pfefferkuchenmannes

Paul Richter

Es war einmal ein Pfefferkuchenmann,
von Wuchse groß und mächtig.
Und was seinen inneren Wert betraf,
so sagte der Bäcker: „Prächtig!"

Auf dieses glänzende Zeugnis hin
erstand ihn der Onkel Heller
und stellte ihn seinem Patenkind,
dem Fritz, auf den Weihnachtsteller.

Doch kaum war mit dem Pfefferkuchenmann
der Fritz ins Gespräch gekommen,
da hatte er schon – aus Höflichkeit –
die Mütze abgenommen.

Als schlafen ging der Pfefferkuchenmann,
da bog er sich krumm vor Schmerze;

an der linken Seite fehlte fast ganz
sein stolzes Rosinenherze!

Als Fritz tags darauf den Pfefferkuchenmann
besuchte ganz früh und alleine,
da fehlte, o Schreck dem armen Kerl
ein Arm schon und beide Beine!

Und wo einst saß am Pfefferkuchenmann
die mächtige Habichtnase,
da war – ein Loch! Und er weinte still
eine bräunliche Sirupblase.

Von nun an nahm der Pfefferkuchenmann
ein reißendes, schreckliches Ende.
Das letzte Stückchen kam
schließlich durch Tausch
in Schwester Margaretchens Hände.
Die kochte als sorgliche Hausfrau draus
für ihre hungrige Puppe
auf ihrem neuen Spiritusherd
eine kräftige, leckere Suppe.

Und das geschah dem Pfefferkuchenmann,
den einst so viele bewundert
in seiner Schönheit bei Bäcker Schmidt,
im Jahre neunzehnhundert!

Lebkuchenmänner

- 125 g Honig oder Rübensirup
- 40 g Butter
- 60 g Zucker
- 1 Ei
- 250 g Roggenmehl
- 1 TL Natron
- ¾ EL Lebkuchengewürz

Für die Glasur:

- 15 g Eiweiß
- 100 g Puderzucker

1. Honig, Zucker und Butter in einem Topf bei mittlerer Hitze erwärmen (nicht kochen) und miteinander vermengen, dann auskühlen lassen.
2. Ei, Mehl, Natron und Gewürz unterrühren, bis ein geschmeidiger Teig entstanden ist. Diesen luftdicht verpacken und über Nacht bei Zimmertemperatur stehen lassen.
3. Am nächsten Tag den Teig ca. 5 mm dick

ausrollen und Lebkuchenmänner ausstechen. Diese Lebkuchenmänner im vorgeheizten Backofen bei 180 °C Ober-/Unterhitze (oder 160° C Umluft – beim gleichzeitigen Backen mehrere Bleche) 10–15 min backen, bis der Teig leicht gebräunt ist.

4. Für die Glasur das Eiweiß mit dem gesiebten Puderzucker steif schlagen, bis Spitzen stehen bleiben. Falls die Glasur zu dünn ist, noch mehr Puderzucker zugeben. Die Glasur kann nach Belieben mit Lebensmittelfarben eingefärbt werden. Glasur in einen Spritzbeutel füllen und die ausgekühlten Lebkuchenmänner verzieren.

Der Weihnachtskarpfen

Dagmar Hoßfeld

„Herr Müller schenkt uns einen Karpfen zu Weihnachten“, sagt Tabeas Vater beim Mittagessen. „Nett von ihm, nicht?“

„Einen Karpfen? Was sollen wir denn damit?“, fragt Tabea.

„Essen natürlich, du Dummi. Was sonst?“ Sven balanciert eine große Portion Nudeln auf seiner Gabel und grinst seine Schwester an.

Die Mutter schüttelt den Kopf. „Ausgerechnet Karpfen“, murmelt sie zerstreut. „Ich hatte für Weihnachten eigentlich schon was anderes geplant. Hoffentlich habe ich überhaupt ein Rezept für Karpfen.“

„Fisch, igitt!“ Tabea schüttelt sich. „Ist ja eklig!“

„Karpfen ist ein klassisches Weihnachtsessen“, sagt ihr Vater mit leisem Vorwurf in der Stimme. „Richtig zubereitet ist so ein Karpfen eine Delikatesse.“

Tabeas Vater hat eine Elektrowerkstatt in der Stadt. Zu Weihnachten schenken ihm seine Kunden immer die schönsten Sachen: Pralinen, Wein, Sekt, geräucherten Schinken – und in diesem Jahr also einen Karpfen.

Das kommt daher, sagt der Vater, weil die Leute ihm dankbar sind, dass er ihre alten Kühlschränke und Waschmaschinen fachmännisch repariert und sie sich keine neuen teuren Geräte anschaffen müssen. Vor zwei Wochen hat er Frau Müllers Backofen repariert, und jetzt bekommt er von Herrn Müller einen Karpfen.

Am nächsten Abend bringt der Vater einen Eimer mit, und in diesem Eimer schwimmt der Karpfen. Das heißt, der Karpfen schwimmt nicht wirklich – dazu ist der Eimer viel zu eng und das Wasser zu wenig –, nein, er dümpelt mehr so vor sich hin und sieht dabei nicht sehr glücklich aus.

„Iih, der ist ja noch lebendig!“, quiekt Tabea, als sie einen Blick in den Eimer wirft.

„Ach, Gottchen, der Arme“, sagt ihre Mutter. „In dem Eimer kann er aber nicht bleiben!“

Sven stupst den Karpfen vorsichtig an. „Na ja, so richtig lebendig ist der nicht mehr“, meint er. „Der zappelt ja gar nicht.“

„Vielleicht war die Autofahrt zu anstrengend für ihn. Lasst mich doch mal durch.“ Tabeas Vater hebt den Eimer hoch und schiebt sich an seiner Familie vorbei ins Badezimmer. Kurz darauf hört man Wasser plätschern.

„Martin! Du wirst doch nicht –“ Tabeas Mutter springt ins Bad und schlägt die Hände über dem Kopf zusammen. „Aber doch nicht in die Badewanne!“

Zu spät. Der Karpfen liegt bereits in der Wanne und wedelt schüchtern mit den Flossen. Tabeas Vater lässt ordentlich Wasser nachlaufen, bis der Karpfen richtig schwimmt und sein Bauch nicht mehr über den Wannenboden schrammt.

„Cool“, sagt Sven.

„Der ist ja süß“, findet Tabea plötzlich. Sie setzt sich auf den Wannenrand. „Wie wollen wir ihn denn nennen?“

„Vielleicht Moses?“, schlägt der Vater vor. „Er sieht ziemlich alt aus, oder?“

„Frido passt besser“, entgegnet Sven. Frido ist der Spitzname seines Fußballtrainers.

„Frido, der Karpfen“, sagt Tabea leise. „Klingt gut.“

Ihre Mutter guckt in die Wanne. „Ich glaube, wir sollten ihm lieber keinen Namen geben“, flüstert sie, als befürchtete sie, der Karpfen könnte sie hören. „Ich habe neulich gelesen, dass man ein Tier, das einen Namen hat, nicht mehr schlachten, geschweige denn essen kann. Weil man dann eine persönliche Beziehung zu ihm aufbaut. Es gehört dann quasi zur Familie.“

„Zur Familie?“, wiederholt der Vater. „Ein Fisch?“

Tabeas Mutter nickt. „Ja, so wie ein Hund oder eine Katze oder ein Meerschweinchen. Die Bindung wächst, sobald ein Tier einen Namen hat.“

„Dann schlaf mal schön, kleiner Bruder“, sagt Sven zu Frido. „Und plansch’ nicht so laut.“

„Müssen wir ihm nicht noch Futter geben?“, fragt Tabea besorgt. „Er hat doch bestimmt Hunger.“

Dem Vater wird es zu bunt. Er drängt seine Familie aus dem Badezimmer und löscht das Licht. „Persönliche Beziehung“, brummt er vor sich hin. „Zu einem Karpfen … So ein Blödsinn.“

In den nächsten Tagen fühlt sich Frido in der Badewanne sichtlich wohl.

Er zieht seine Kreise, guckt Tabea beim Zähneputzen zu und wird von Sven heimlich mit trockenem Brot und Fischfutter gefüttert, das er in der Zoohandlung gekauft hat. Sven bringt Frido sogar heimlich Kunststücke bei: Er lässt ihn durch einen Gummiring schwimmen, den er unter Wasser hält. Frido scheint es großen Spaß zu machen, endlich etwas zu tun zu haben.

Die Familie gewöhnt sich schnell daran, dass ein großer grauer Fisch in der Wanne schwimmt. Sie mögen Frido und verzichten ihm zuliebe gern aufs Baden.

„Duschen ist auch viel erfrischender“, sagt Tabeas Mutter.

„Und es spart Wasser“, fügt der Vater hinzu. „Nicht wahr, Frido?“

„Wie wollt ihr ihn denn essen?“, fragt Tabeas Oma, als sie zu ihrem Weihnachtsbesuch anreist und Bekanntschaft mit Frido macht. „Ich kenne ein sehr schönes Rezept für ‚Karpfen blau‘. Oder mögt ihr ihn lieber in Bierteig?“

„Essen?“, fragt Tabeas Vater entsetzt.

„Frido?“, schließt die Mutter sich an.

„Unseren Karpfen?“ Tabea reißt die Augen auf.

„In Bierteig?“

„Aber Oma!“, sagt Sven vorwurfsvoll. „Wir essen doch kein Familienmitglied! Weihnachten gibt's Würstchen mit Kartoffelsalat, wie jedes Jahr!“

Kurz nach Weihnachten wandert Frido zurück in seinen Eimer. Sven und Tabea schleppen den Eimer zum Alten Weiher. Das Wasser ist eisfrei und klar. Aber das Beste am Alten Weiher sind die großen Verbotsschilder, die am Ufer stehen: „Naturschutzgebiet. Angeln und Fischen strengstens verboten!“

„Hier ist es richtig“, sagt Tabea, als sie und Sven Frido die Freiheit schenken.

„Mach's gut, kleiner Bruder!“, sagt Sven.

Frido schwimmt ein paar Kreise und wedelt mit der Schwanzflosse. Dann werden die Kreise größer und größer und schon bald ist er nicht mehr zu sehen.

„Los, komm“, sagt Sven und hakt Tabea unter.

„Heute ist Weihnachten. Ich freu’ mich schon auf die Würstchen!“

„Und ich auf den Kartoffelsalat!“ Tabea lacht. „Und wie!“

Gebackener Karpfen

- 1 ½ kg Karpfen
- 100 g magerer Schinkenspeck
- 100 g Butter
- 1 Zwiebel
- Salz und Pfeffer

1. Speck in dünne Streifen schneiden.
2. Den Bräter abwechselnd mit Speckstreifen und Butterflöckchen auslegen.

3. Den Karpfen innen und außen mit Salz einreiben, auf den Speck und die Butterflocken legen.
4. Auf dem Karpfen noch einmal Speckstreifen und Butterflocken im Wechsel verteilen. Die geschälte Zwiebel im Ganzen danebenlegen.
5. Im vorgeheizten Backofen bei 160–175 °C ca. 45 min backen. Dazu schmecken Sauerkraut und Salzkartoffeln.

Vorweihnachtliche kleine Stadt

Agnes Harder

Es gab in dem kleinen Städtchen eine Konditorei, die um die Weihnachtszeit eine Marzipanausstellung zeigte, die mit einer Verlosung verbunden war. Mit klopfendem Herzen besuchten wir sie. Da lagen weiße Schäfchen auf grünem Rasen, gebratene Gänse mit Messer und Gabel in kleiner Schüssel, Wickelkinder – und vor allem der Dukatenmacher, ein mit unendlichem Jubel begrüßtes und am Fest nie fehlendes Stück. Glück bei der Verlosung hatten wir nie. Wir waren unser Leben lang auf Nieten eingeschworen. Das Herzklopfen und die Freude aber waren dieselbe, hatte man doch gesehen, dass man Glück haben konnte. Schon das war ein erhebendes Gefühl.

Das größte Ereignis vor Weihnachten aber war die Fahrt nach Elbing, die wir mit unseren Kinderfreunden gemeinsam machten.

Dann wurde der große Postomnibus aus der Remise gezogen, die schwersten Pferde davorgespannt, und in Tücher und Mäntel gepackt stiegen die beiden Familien ein. Will schmetterte mit dem Posthorn. Es ging vom Steintor die Chaussee entlang, den weiten Weg nach Elbing zu, der drei Stunden währte. Anfangs war uns die Gegend bekannt. Nach der Brücke kam die Schäferei, wo meine Freundin und ich einmal einen toten Iltis gefunden hatten, der wohl vergiftet worden war und den wir mit Todesverachtung in die Stadt gebracht hatten, wo wir für sein Fell 50 Pf. bekamen. Dann wurde der Weg fremd. Es kamen die Bahnstationen und schließlich ein Gasthaus „Zum tollen Mops", wo regelmäßig gehalten wurde und die Väter ein Glas Warmbier an den Wagen brachten. Endlich war man in Elbing.

In einem Gasthaus am Fluss wurde eingekehrt und Mittag gegessen. Dann kam das große Ereignis. Wir gingen mit den Eltern in das Spielwarengeschäft von Hörnig, und wir sahen die Weihnachtsausstellung. Es ist kein Zufall, dass mein Freund Sudermann in dem „Bilderbuch seiner Kindheit" eben dieses hörnigsche Geschäft erwähnt, dessen Besitzerin in seiner Elbinger Zeit eine so große Rolle spielte. Wahrscheinlich war er gerade in Elbing, als ich mit klopfendem Herzen an den Herrlichkeiten der ausgestellten Puppen, Küchen, Puppenstuben, der Baukästen, Tiere und Archen Noahs vorbeiging. Wie es möglich war, dass es so viel Wunderbares in der Welt gab, begriff ich nicht. Jedenfalls war alles hier vereint. Während die Eltern ihre Einkäufe besorgten und geschickt zu verbergen wussten, betrachteten wir immer wieder die Bauernhütte, das Kochgeschirr, die Puppenmöbel, auf die wir es besonders abgesehen hatten, denn wir besaßen eine prächtige Puppenstube, die vor Weihnachten verschwand und von meinem Vater neu tapeziert und gestrichen wurde. Einer Eisenbahn, die es damals auch schon gab, brachten wir nach unserer Art weniger Sympathie entgegen. Dagegen beschäftigten uns die Modellierbogen sehr. Immer pflegten einige auf unserem Weihnachtstisch zu liegen, und die Winterzeit verging denn damit, dass wir die Mühlen und Häuser eigens ausschnitten und unter Aufsicht des Vaters klebten und zusammensetzten. Wenn wir uns sattgesehen hatten, wurde noch in das Delikatessgeschäft gegangen, wo Feigen und Datteln, Apfelsinen und Krachmandeln eingekauft wurden, worauf der Besuch der Konditorei den Tag krönte. Müde und mit überfülltem Herzen wurden wir eingepackt und am Abend wieder in den Omnibus verstaut. Nun fuhren wir durch die dunkle Winternacht die drei Meilen nach der kleinen Stadt zurück. Hatte man noch den Mut, durch die Fenster zu sehen, so blickten die funkelnden Sterne herein. Die Felder waren schneebedeckt, und die Dörfer, durch die man kam, zeigten kaum noch ein helles Fenster. Wieder wurde am „Tollen Mops" haltgemacht, und ein Glas Grog stärkte die Großen. Wir hatten als Vorgenuss des Festes einen Bonbon im Munde und fielen meistens, lange ehe wir zu Hause waren, tief in Schlaf. Die Jüngste trug Vater dann auf den Armen nach Hause.

Marzipankugeln

- 200 g Mandeln mit Haut
- 180 g Puderzucker
- Rosenwasser
- Orangensirup
- etwas Backkakao, Puderzucker oder Kuvertüre

1. Mandeln zum Häuten mit Wasser überbrühen und etwas ziehen lassen, dann lässt sich die Haut leicht abziehen.
2. Die Mandeln dann im Blitzhacker fein hacken. Zwischendurch die Mandelmasse etwas auflockern und dann weiter hacken.

3. Wenn die Mandeln einen Teig bilden, den Puderzucker dazugeben und entweder im gleichen Gerät oder in einer Schüssel mit den Händen alles verkneten. Dabei lässt sich das Marzipan beliebig aromatisieren, z. B. mit einem Esslöffel Rosenwasser und/ oder Orangensirup.
4. Zu haselnussgroßen Kugeln formen und in Kakao oder Puderzucker wälzen oder mit Kuvertüre überziehen.

Gänsebraten

Wilhelm Busch

Es wird mit Recht ein guter Braten
gerechnet zu den guten Taten;
und dass man ihn gehörig mache,
ist weibliche Charaktersache.

Ein braves Mädchen braucht dazu
mal, erstens, reine Seelenruh,
dass bei Verwendung der Gewürze
sie sich nicht hastig überstürze.

Dann, zweitens, braucht sie Sinnigkeit,
ja, sozusagen Innigkeit,
damit sie alles appetitlich,
bald so, bald so und recht gemütlich
begießen, drehn und wenden könne,
dass an der Sache nichts verbrenne.

In summa braucht sie Herzensgüte,
ein sanftes Sorgen im Gemüte,
fast etwas Liebe insofern
für all die hübschen, edlen Herrn,
die diesen Braten essen sollen
und immer gern was Gutes wollen.

Ich weiß, dass hier ein jeder spricht:
„Ein böses Mädchen kann es nicht."
Drum hab' ich mir auch stets gedacht
zu Haus und anderwärts:
Wer einen guten Braten macht,
hat auch ein gutes Herz.

Weihnachtsgans

- 1 Gans (2–3 kg)
- 1 Zwiebel, grob gewürfelt
- 250 g Apfel
- 80 g getrockneter Apfel
- 1 Zimtstange
- 1 TL Zimt
- etwas Beifuß
- Salz
- Pfeffer

1. Den Ofen auf 165 °C vorheizen. Die Gans von Federkielansätzen befreien. Die Flügel am Gelenk abtrennen und ggf. für eine Soße aufheben. Die Gans ggf. noch ausnehmen.
2. Die frischen Äpfel in Spalten schneiden und zusammen mit den Zwiebeln und den getrockneten Äpfeln in eine Rührschüssel geben.
3. Apfelmischung kräftig mit Zimt, Beifuß, Salz und Pfeffer würzen.

4. Die Gans mit der Mischung füllen, mit einem Rouladenspieß verschließen und außen gut salzen.
5. Die Gans mit der Brust nach oben in einen Bräter legen und für 2,5–3 Stunden in den Ofen geben.
6. Nach 30 min mit 500 ml Wasser übergießen.
7. Anschließend alle 30 min mit einer Kelle den ausgetretenen Bratensaft über die Gans gießen.

Quellennachweis

Bildnachweis

S. 13: © StockSmartStart/shutterstock.com; S. 20 f., 25: © Cottidie Studio/shutterstock.com; S. 21: © TDaria /shutterstock.com (Honig); S. 23: © Andrii Bezvershenko/shutterstock.com; S. 25: © Ramona Kaulitzki/shutterstock.com (Apfel); S. 39, 47, 49, 68, 74, 95: © stock. adobe.com/Vector Tradition; S. 40: © Look_Studio/shutterstock. com; S. 58: © YummyBuum/shutterstock.com (Zimt); S. 58 f.: © cosmaa/shutterstock.com; S. 69/71, 90: © Amanita Silvicora/ shutterstock.com; S. 75: © OrangeKing/shutterstock.com; S. 84: © LinaDes/shutterstock.com; S. 91: © pandora64/shutterstock.com.

Textnachweis

Miras Sasmaz, Die letzten Kastanien © Alle Rechte bei der Autorin.
-minu, Die Lichterkette, aus: -minu, Besuch vom Christkind, 16 neue Weihnachtsgeschichten © 2010, Friedrich Reinhardt Verlag, Basel.
Andreas Malessa, Chorprobe der himmlischen Heerscharen, aus: Patra Hahn-Lütjen (Hrsg.), WeihnachtsStilleGeschichten © 2006, Brunnen Verlag, Gießen.
Erich Kästner, „Ich saß in der Küche und wartete", aus: Ders., Als ich ein kleiner Junge war. In: Werke. Romane für Kinder I © Atrium Verlag, Zürich 1957, S. 61 ff.
Manfred Hausmann, Die Entdeckung des Weihnachtssterns, aus: Ders., Martin Isabel Andreas © 1980 C. Bertelsmann Verlag, München, in der Penguin Random House Verlagsgruppe GmbH.
Thomas Mann, „Hanno genoss die weihnachtlichen Düfte", aus: Ders., Gesammelte Werke in Einzelbänden, Buddenbrooks – Verfall einer Familie © 1981, S. Fischer Verlag GmbH, Frankfurt am Main.
Dagmar Hoßfeld, Der Weihnachtskarpfen, aus: Luise Holthausen, Dagmar Hoßfeld, Das Krippenferkel, 24 Advents- und Weihnachtsgeschichten, 2005 Gütersloher Verlagshaus © Dagmar Hoßfeld.

Wir danken allen Rechteinhabern für die freundliche Abdruckerlaubnis. Der Verlag hat sich bemüht, alle Rechteinhaber in Erfahrung zu bringen. Für zusätzliche Hinweise sind wir dankbar.